# SIMPLIFIED PERVERT ROMANCE

## Neg Sekihara / Nanako Semori

**Wer ist hier pervers?!**

Schon am ersten Tag an der neuen Schule ist Yuki Kashima genervt von seinem neuen Mitschüler Ryoji Sanada. Während Yuki sich lieber Gedanken darüber machen würde, wie er seine masochistischen Gelüste durch eine schöne Schlägerei befriedigen kann, starrt und quatscht Ryoji ihn ständig an, bis Yuki schließlich der Geduldsfaden reißt! Er bedrängt Ryoji sexuell und hofft auf Gegenwehr und damit auf lustvolle Schmerzen. Doch entgegen seiner Erwartungen ist dieser alles andere als abgeneigt ...

TOKYOPOP®
www.tokyopop.de

# Eine Liebesgeschichte voller Traurigkeit und Fehleinschätzungen

**Chise Ogawa**

TOKYOPOP

# Charaktere

Aus *Eine Geschichte von unendlicher Traurigkeit*

**Ein ehrlicher junger Mann mit einem großen Herzen**

## Seiji Kiyotake

Er hat schon in der Mittelschule zusammen im Schulklub mit Takayuki Basketball gespielt. Früher hat ihm Takayuki mal eine Freundin ausgespannt.

**Kommilitonen**

**Ein hübscher Mann, der verzweifelt verliebt war**

## Takayuki Udou

Eigentlich sah es aus, als würde er wenig Einsatz bei der Aufnahmeprüfung zeigen, aber dann hat er sich wieder gefangen. Schon in der Mittelschule war er einseitig in Seiji Kiyotake verliebt.

**Brüder**

Aus *Ein Spiel namens Liebe*

**Ein guter Schüler, der als Liebhaber angriffslustig wird**

## Ryuta Udou

Ein ernster Musterschüler, der von seinem Umfeld sehr bewundert wird. Mit Miki begann es als Spiel, aber dann wurden sie ein echtes Liebespaar.

**Schulkameraden**

**Ein süßer Typ, der etwas dumm wirkt**

## Toshihisa Miki

Er ist spontan und hat sich früher mit mehreren Mädchen gleichzeitig amüsiert, aber jetzt ist er komplett in seinen Freund verliebt.

# Ein Spiel namens Liebe –
## Die Nacht vor der Aufnahmeprüfung

Udou.
Bei dem Zwischentest war dein Ergebnis schlechter als sonst.
Das mag sein.
Ich strenge mich nächstes Mal mehr an.
Du scheinst dich in letzter Zeit mit diesem Miki gut zu verstehen.
Öhm ... Ja?
Wolltest du denn keine Empfehlung für die X-Uni haben?
Sei etwas vorsichtiger.
Na ja ...
POLTER

Wenn es mit dem Empfehlungsschreiben nichts wird ...
... muss ich es eben aus eigener Kraft schaffen.
Nun ja.
Das mag ja schon sein.
Herr Lehrer, sagen Sie ihm bitte nichts davon.
Wenn er sich aufregt, macht das nur Ärger.
Nächster Tag
2-2
Huch, wo ist Miki denn hin?
Er meinte, er geht zu Kadota.

Udou.
Hast du irgendwas mit ihm angestellt?
STAMPF
STAMPF
STAMPF
Okay, das reicht jetzt!
WATSCH
Gerade noch rechtzeitig.
Halt mich nicht auf, Udou.
Ich habe alles von Frau Yuko gehört.
Ich werde Kadota mal ordentlich meine Meinung sagen.
Ach, das habe ich doch längst geklärt.

Selbst wenn das Missverständnis geklärt ist, bin ich nicht einverstanden.
Lass uns irgendwohin, wo wir die anderen nicht stören.
Du hast gesagt, dass du dich ordentlich auf die Tests konzentrieren willst ...
... und deswegen habe ich mich zusammengerissen, dir eine Woche nicht geschrieben und dich auch nicht besucht!
Meine Noten haben sich nicht geändert, aber wenn dein Ergebnis sich verschlechtert hat, dann warst du einfach nur faul!
Viel schlechter könnten sie bei dir ja nicht sein.
Ja-ja. Es tut mir leid.
Brav. Ganz brav.
Jetzt beruhig dich doch.
Behandele mich nicht wie ein Kind!
Aber was soll ich denn jetzt machen?

Du kannst mich wie einen richtigen Erwachsenen trösten.
Stimmt ja.
Weil du so brav abwarten konntest, sollte ich dir eine Belohnung geben.

Mhm.
Mhm.
W... Warte.
Warte, Udou.
Sei nicht so grob zu mir.
Ich halte das sonst nicht aus ...
Aber Sex ist doch das Beste, um dich zu besänftigen.

Ich kann mich da nicht zurückhalten.
BWUTSCH
Ah.
Hnngh ...
Es ist kaum zu glauben.
Wer hätte gedacht ...
... dass ich mich nicht aufs Lernen konzentrieren kann, weil ich ihn so sehr vermisse?

Ende

Eine Liebesgeschichte
voller Traurigkeit und
Fehleinschätzungen

von Chise Ogawa

ngsschule
Erfolgr
Ein Spiel namens Liebe –
Während der Aufnahmeprüfung
Ich wurde an einen gefährlichen Ort geschickt!

Kannst du das glauben?!
Die sind alle so ernst und haben die ganze Zeit gelernt.
So ist es nun mal auf einer Vorbereitungsschule.
Die sind doch komplett krank im Kopf!
Das ist doch normal.
SCHLUCHZ
Sicherlich werde ich sie niemals verstehen können.
Ja-ja.
Kannst du weitermachen?
Na ja ... Ich probiere es noch ein wenig.
Da war auch ein netter Typ.
Er geht auf die N-High und hat mir einiges beigebracht.
Ach.
Dann gibt es da also jemanden, der zu dir freundlich ist. (Ganz ehrlicher Gedanke)
Ja. Bestimmt mag er mich.
Häh?
Echt?
Ja, echt.

Aber wehe, du vergnügst dich da.
Das mache ich nicht. Ich freunde mich nur an.
...
Ähm.
Miki.
Ich leihe dir meine Aufzeichnungen.
Wirklich? Brille, du bist ein echter Kerl.
Sag mal, Brille. Wie löst man diese Frage?
SCHWUPP
Huch? Ich verstehe das nicht. Ist das echt Japanisch?
BABUMM
BABUMM

Dieser Film hat den Haupt-
preis bei den Internationalen
Filmfestspielen von Gannes
gewonnen!
Wagenspur zum Heiligtum
Mi... Mi... Mi... Miki.
Wie wäre es zur Ent-spannung mit Kino?
Äh, nein.
Ich habe Kinotickets bekommen. Also ...
Nein. Nicht so.
Udou?
Was is denn s plötz-lich?
Deine Wangen sind ganz kalt.
Ich war in der Nähe.
Wer ist der Typ von der N-High?
Hm?
Er ist gerade nicht da.
Ach, könnte es sein ...

... dass du eifersüchtig bist?
Gar nicht.
Du kannst ja echt süß sein, Udou!
Du machst mich ganz heiß!
Hör auf damit.
Gehst du etwa schon?
Tja, viel Erfolg.
Ja.
? ?
Aber wenn du schon hier bist, könntest du mir zumindest einen Kuss geben.
Das mache ich nicht. Weißt du nicht, wo wir gerade sind?
Ist doch egal. Dann lasse ich mich eben von Brille trösten.
WUMMS
Mhm.

Noch ein wenig. ♡
Haaah. Mist.
Jetzt bin ich scharf.
Ich will so dringend mit dir Sex haben, Udou!
Ich will angefasst werden!
...
Ich auch!

Aber du willst doch die Aufnahme schaffen und akzeptiert werden, oder?
Ja.
Dann müssen wir uns etwas zusammenreißen.
Ja.
Ich werde mein Bestes geben.
Gut so.
QUIIETSCH
Was war mit dem von der N-High?
Hm? Ach, irgendwie hat er sich ferngehalten.
Ich verstehe echt nicht, was diese schlauen Typen denken.

Ende

# Miki-Udou-Bonus

Yeaaah!
Toshihisa Miki hat es ohne Probleme auf seine Wunschuni geschafft!
Ich auch.
Ein Spiel namens Liebe – Kriegsende der Aufnahmeprüfung
Wir sind jetzt freeei! ♪
Der ist ja echt gut drauf.
Vielleicht hätte er durchfallen und den Ernst des Lebens kennenlernen sollen.
Say: Schulabschluss!
Nie wieder eingesperrt!
Darf der wirklich laufen gelassen werden ...?
Vielleicht müssen wir ihn doch an die Leine nehmen.
Oh, das ist Kiyotake.
Ich gehe ihn holen.
Okay.
Das war echt laut.

Puuh. Das hat sich gut angefühlt!
Ich bin so erleichtert.
Was ist mit Takayuki?
Er geht Kiyotake an der Rezeption abholen.
Hach
Was ist denn?
Endlich ist es vorbei ...
SCHNIEF
Miki?
Ich verstehe es nicht.
Ich bin nicht traurig ...
... aber mir kommen die Tränen.

Aaaah! Ich bin ganz verrückt geworden!
Ich will nie wieder für eine Aufnahmeprüfung lerneeen!
Alles gut.
Du warst ganz schön unter Druck, was?
Du hast dich toll angestrengt.
!
Lob mich noch mehr.
Etwa so?
Noch mehr.

Tut mir leid, dass du herkommen musstest.
Nicht doch. Miki hat bestanden, oder?
Als Nächstes steh für uns die Jobsuche an.
Ich habe keine Lust.
Eis
Wir werden viel zu tun haben.
Sicherlich können wir uns weniger sehen ...
Argh!
?
Wow.

Machen die etwa an so einem Ort rum?
Die zwei Idioten sind wohl dauerscharf, was?
Wie die Karnickel.
So ist die Jugend.
Er ist auf seine Knie geklettert.
Ist doch schön, dass sie sich verstehen.
Wenn du willst, kannst du ruhig auf mich klettern.
Du willst aber nie verwöhnt werden, oder?
Hör auf. So jemand bin ich nicht.
Ich bin doch zu schwer ...

SCHWUPP
Ich habe doch Kraft. Das ist gar kein Problem.
Ja?
Lass mich runter.
Bist du sauer?
Hörst du?
Ich will ...
... einfach nur an deiner Seite sein.
Mehr nicht.

Du bist unfass-bar ...
Kiyo-take?
WUMMS
Wenn du mich so anschaust und solche Dinge sagst ...
... kann ich mich nicht mehr zurück-halten!
Mhm.
Hn.

Mhm.
Puh.
Haah.
Hah!
Hah!
Haah.
W... Was soll das denn werden?
Ich muss mich hier zusammenreißen.
KLEB
Wir machen es nur mit der Hand.
SCHLUCK
Mhm.
Also wirklich ...
Wir sind wohl auch zwei dauerscharfe Idioten.
Ende

## Eine Geschichte von unendlicher Traurigkeit – Die Sache mit der Augenbinde

Jetzt hast nur du die Augen verbunden.
Mome...
Kiyotake!
Kiyotake?
Kiyotake wo bist du?
Hör mit diesem Unsinn auf.
Kiyotake!

Kiyota ...
ZUCK
Was soll das denn?
Kiyo-takes Finger ...
Das ist ...
SCHLECK
Hngh.
... Ki-yota-kes ...
... Zunge.

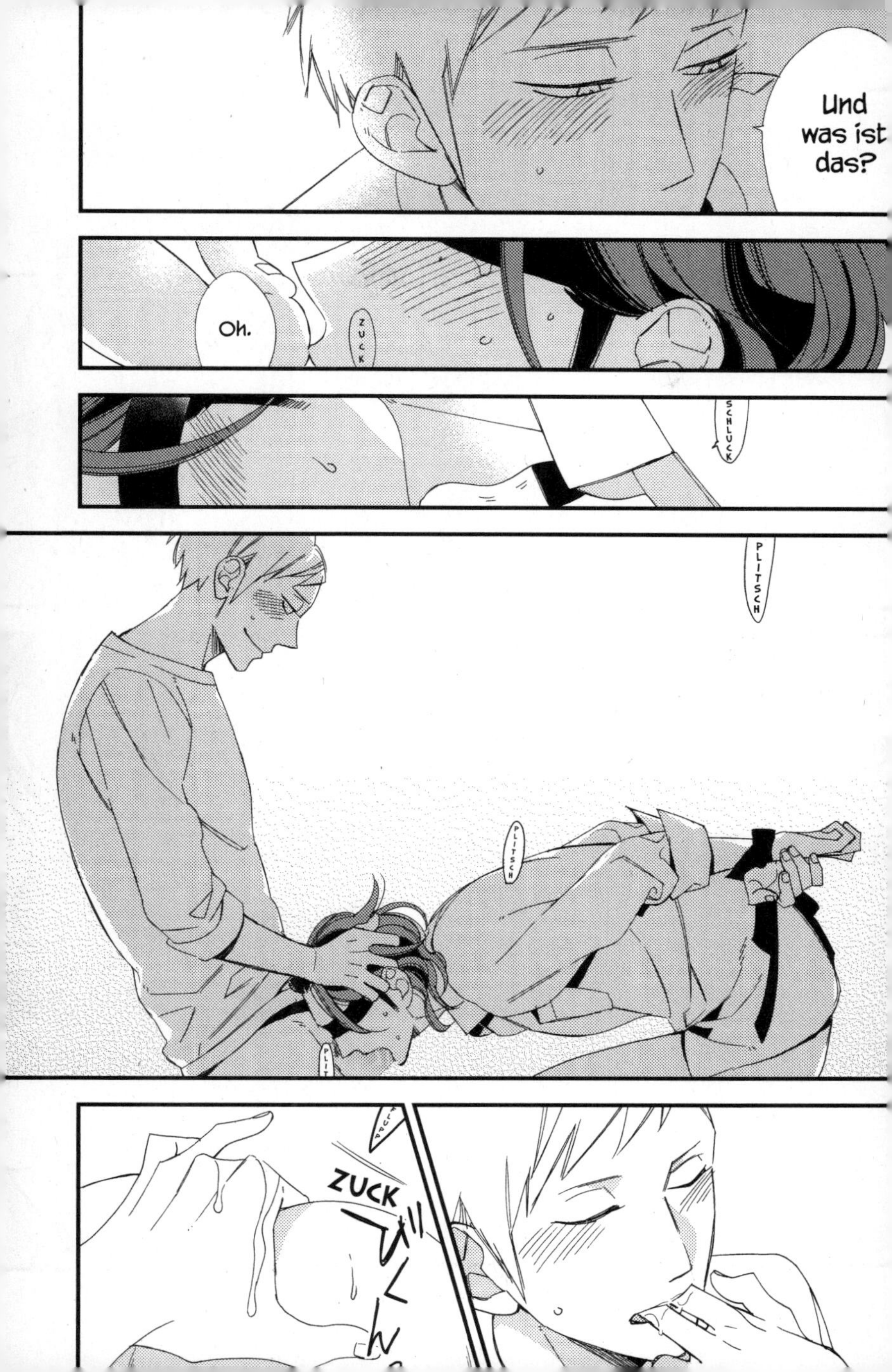
Und was ist das?
ZUCK
Oh.
SCHLUCK
PLITSCH
PLITSCH
ZUCK

Warte.
GLITSCH
Kiyo-
ake!
FLATTER
GLITSCH
GLIT
Warte.
Ich habe
Angst.
Nimm
sie
mir
ab.
PACK
Haaah.
Haaah.
Was
war
denn?

Ich finde es doch besser mit Licht.
Nicht wahr?
Hngh ...
SCHNIEF
Tut mir leid.
KÜSS
Du bist echt gemein ...
Udou, weil du so gezögert hast ...
... musste ich dich nun mal ein wenig ärgern.
Schon gut ...

Ende

**Ein Nachspiel voller Traurigkeit und Fehleinschätzungen**

Warum schielst du so zu mir rüber?
Ni... Nichts.
KÜSS
Es ist zwar mitten im Film ... aber das stört nicht, oder?
Nein.
Ich mache ihn dir steif.
Mh.
Mh.

Ich muss dich auch vorberei- ten ...
Schon gut.
Ich habe mich da- für schon aufge- wärmt ...
Du kannst ihn be- stimmt gleich reinste- cken.
Hffff.
Hffff.

ZITTER
Ah.
Ein Taschentuch.
Ach, schon gut.
Ich kann das selbst.
REIB
REIB
Ich gehe mich kurz waschen.
!
Warte.
Willst du etwa alles alleine machen?
Überlass mir doch auch etwas.
Aber was denn?
Du musst hier nichts machen.

Ich möchte auch beim Vorspiel mitmachen ... oder dir einen blasen.
Ich kann auch helfen, dich zu dehnen.
Es ist doch anstrengend, ihn reingesteckt zu bekommen. Ich kann danach ruhig mithelfen.
Schon gut.
Bevor ich dich so einen Mist machen lasse, würde ich mir lieber auf die Zunge beißen und sterben.
Hauptsache, es fühlt sich für dich gut in mir an.
Er hat das also ganz klar entschieden.
Er muss bei mir doch keine Zurückhaltung zeigen.
Ich will, dass er sich mir öffnet!!
Ich bin ein bisschen eifersüchtig. Er könnte bei mir etwas weniger offen sein.
Kiyotake, nur bei dir ist er so zahm. Er scheint dich echt zu lieben.
Nein, ich würde mich freuen, wenn er auch mal frech zu mir wäre.

Ich würde ihn doc sowies akzeptieren.
Er vertraut mir wohl nicht.
Hm. Er ist nun einmal sehr auf sein Aussehen bedacht.
Mach dir darum keine Sorgen. Gib ihm leckeres Essen und ein wenig Alkohol und er wird schon schnell nicht mehr klar denken können.
Und wenn man einmal alles ausgesprochen hat, dann geht es nächstes Mal viel einfacher.
Ich verrate aber ohnehin immer gleich alles.
Alkohol?
Das ist wohl meine letzte Hoffnung.
Nein, das solltest du lieber sei...
Solange man sich liebt, ist alles okay!
SAPPERO

Huch? Gebt ihr etwa schon auf?
Udou trinkt Saft.
Warum hat Miki mitgetrunken?
Ich nehme ihn mal mit.
Oh, der Restmüll ist erst Mittwoch dran.
Ich werfe ihn nicht weg.
Mir ist heiß.
Echt jetzt?
KLACK
Kalt.

Schön kühl ...
Am nächsten Tag ...
Ich hätte nicht gedacht, dass Udou so viel Alkohol abkann ...
Er ist ja auch Bartender.
Kiyotake du bist heute ma an der Uni?
Ja ... Weißt du, wo Udou ist?
Oh, wenn man vom Teufel spricht.

Hallo ...
Udou, bist du erkältet?
Alles in Ordnung?
Alles gut.
Danach sieht es aber nicht aus.
Warum hast du mir nichts davon gesagt?
Das ist doch mein Problem.
Warum sollte ich dir das sagen, Kiyotake?

Wir gehen.
Mensch. Warum bist du immer so?
Ich muss mein Zimmer aufräumen …
Das ist doch jetzt egal.
Ich werde mich heute um alles kümmern. Du ruhst dich schön aus.
Warst du beim Arzt?
Mhm.
TRÄUM
Und Medizin?
Dort.

Kiyotake ist da.
Ich bin froh, an der Uni gewesen zu sein.
Ruf mich ruhig, wenn es dir schlecht geht.
Mhm.
Ich komme dann sofort geflogen.
Mhm.
Wir sind doch ein Liebespaar.
Mhm.
ZUCK
PACK
Was ist?

Tut mir leid.
Weil du mich angefasst hast, Kiyotake.
Sorry.
Ich wichse kurz. Geh weg.
ZACK
Ich habe gesagt, dass du mir alles überlassen sollst.
ZUCK

Haah.
...
Ngh!
PLUMPS
Hah.
ZUCK

SCHLUPP
SAUG
Kiyo-take.
Hör damit auf.
Kiyo-take ...
ZÜCK
ZÜCK
SCHOCK
Sor-ry.
Ich will auch abspritzen.

Steck ihn ruhig rein.
Ich ...
... bin am glücklichsten, wenn du scharf auf mich bist.
Ich möchte ihm auch etwas geben.
Ich will nicht nur von ihm nehmen.
GUTSCH
GUTSCH
LECK
ZUCK
ZUCK

Ah!
Ah!
PTSCH
Aaaaah!
PTSCH
In dir ist es so heiß ...
Ich kriege nicht genug ...

Aah!
Ah.
PAMM
GUTSCH
PAMM
Hngh.
Ah!
PAMM
Kiyo-take!
Ich liebe dich!
GUTSCH
PAMM
Ich liebe …
PAMM
… dich!
ZITTER
Hngh …
Haah.
Haah

Vorher war es eine einseitige Liebe ...
... aber jetzt hat er mich und ich möchte es ihm zurückgeben.
Wie kann ich ihm das zu verstehen geben?
← Es hat sich verschlimmert.
Es tut m echt leid!
Es ist okay, weil du bei mir bist, Kiyotake.
Urgh.
Zusammenreißen.

Wieder am Vortag
Hiiicks.
Isch kann nischt mehr trinken.
Habe ich es nicht gesagt?
Ich habe noch nie gesehen, dass er betrunken war.
übernachtest du heute bei mir?
Deine Mutter macht mir Angst.
Ich gehe dir etwas Wasser holen.
Hiiicks.
Der Boden ist schön küüühl.
KLONK
Wasn ...?

Mit extra viel Ab-spritzen!
Kirara AsuXX
10 Samen-ergüsse!
Die nymphomane Krankenschwester
Hier ist dein Wasser.
Ich gehe.
Hey.
Ist er plötz-lich wieder nüchtern?
Was war das denn auf einmal?
DVD
Die nymphomane Krankenschwester

Was ist das für eine DVD?
Steckt etwa mein Bruder dahinter?
Hey, Miki! Die gehört meinem Bruder!
Hey!
Ob er es sicher nach Hause geschafft hat?
Er liest meine Nachrichten gar nicht.
Ich werde mich morgen erkundigen, wie es der Prinzessin geht ...

ガチャッ
KATSCHACK
ギィイ
QUIIIETSCH
Mhm …
WÜHL
WÜHL
ガサ
FLAPP
Ein Insekt?

Uuu-dooou!
Wie ist denn deine Verfassung?
SCHOCK
Was treibt er denn da?
Bist du noch betrunken?
Huch? Zumindest da unten geht es dir gut.
KÜSS

Ich werde dich schön gesund pflegen!
PLITSCH
PLITSCH
SCHLUPP
Mhm.
Mhm.
PLITSCH
PLITSCH
Hngh.
Nh.
WAPP
Mhmmm.
Hffff.
Hffff.
Mist. Das ist doch unfair.
Ah. ♡

PAMM
Hah.
Ngh.
Nh. Ah!
Hah.
Ja.
Aah.
PAMM
Hah.
Jaa!
Aah!
Udou.
Udou!
Sag schon! Steht es mir denn?
Was hast du denn plötzlich?
Bin ich se-xier als Kirara AsuXX?
...!

Verstehst du es nicht obwohl ich in dir stecke?
Mhm?
Dein Schwanz zuckt und pulsiert so kräftig. ♥
Du Idiot …
Mhm. ♥
Nicht die Nippel!
Ah. Ich komme gleich.
Udou, spritz tief in mich rein.
Ich will deinen Samen in mir spüren.
Vergiss meine Worte nicht.
BABUMM
BABUMM

Was sollte das Cosplay denn?
Hast du mir das angezogen?
Du Perverser.
Vergisst er etwa alles, wenn er betrunken ist?
Am nächsten Tag

Aber wenn du es möchtest, ziehe ich es gerne wieder für dich an.
...
Ist nicht abgeneigt?

HAPPY END ♡

Aaaaaah! Wie soll ich Kiyotake in die Augen sehen, wenn ich ihn treffe? Wieso erinnere ich mich noch so deutlich an alles? Ich würde gerne im Erdboden versinken! Aber Kiyotake ist so lieb. Er ist viel zu gut für mich. Irgendwie bin ich froh, dass ich mich erinnere. ♡
Nachdem der ältere Udou wieder klar denken konnte

Verhält sich eher wie eine Jungfrau
Häh? Ich brauch doch nur Kiyotake?
Möchte gerne Dinge im Bett ausprobieren
So ist die Jugend.

Die Krankenschwesternuniform hat er von einer alten Freundin seiner Mutter (Kollegin im Hostessenklub) geliehen.
Bitte leih sie mir!! Es geht hier um meine Leistengegend als Mann!
Du meinst wohl Leistung.
Es ging wirklich um die Leistengegend ...

Eine Liebesgeschichte
voller Traurigkeit und
Fehleinschätzungen

von Chise Ogawa

## Sonderseite 1: Udous Schwachpunkt

## Sonderseite 2: Was Miki ändern sollte

## Sonderseite 3: Wie Kiyotake den älteren Udou kennt

Ende

Eine Liebesgeschichte voller Traurigkeit und Fehleinschätzungen

von Chise Ogawa

Ich trage unaussprechliches Leid
mit mir herum

Makino!
WATZ
PLUMPS
KLATSCH
Hervorragend, Eita.
Heute bist du echt gut drauf!

TROPF
Eita
Du solltest dich verarzten lassen.
Du bist verletzt ...
Da ...
... ist nur eine Schürfwunde.
Sagst du wieder solchen Kram, weil du dich um Shun sorgst?
Du bist echt ein unfähiger Bruder.

Schnauze ...
Ich trage unaus-sprechli-ches Leid mit mir herum.

KLOPF KLOPF
Eita?
Ich komme rein.
Was willst du ...
... Shun?

Ich habe von einem Lehrer gehört ...
... dass du dich wieder geprügelt hast.
Tss.
Warum mischt der sich da ein?
PLUMPS
QUIETSCH
Zeig mir mal deine Verletzung.
Schon gut.
Das heilt von alleine.
Eita.

Hm.
Mach den Mund auf.
Aah.
Ach.
Die Lippe ist auch eingerissen. Ist im Mund alles gut?
Das wird etwas ziepen, okay?
Mein kleiner Adoptivbruder Shun ist wirklich ein lieber Kerl.

Er hat gute Noten und ist brav in der Schule.
Er ist im zweiten Jahr der Highschool und das Ass des Kyudoklubs*. Viele Mitschüler verlassen sich auf ihn.
Eita ...
Du solltest dich endlich mal erwachsener benehmen.
*Kyudo: Bogenschießen
Ich weiß nicht, was mit dir passiert ist, aber früher warst du nicht so.
Vater und Mutter machen sich Sorgen.
Wenn du Probleme hast, kannst du jederzeit mit mir reden.
Ich selbstverständlich auch.
Daher ...
... bin ich nicht würdig, sein Bruder zu sein.
Du kannst dich ruhig auf mich verlassen.
KLAPP

Tut es sonst noch irgendwo weh?
Nein ...
Ach so.
Hör bitte auf, dir selbst wehzutun.
WUSCHEL
QUIETSCH
ROLL
Dabei ist er jünger als ich, dieser Frechdachs.
Er roch nach Seife.
War er etwa schon im Bad?
Seine Körpertemperatur war auch etwas hoch.

Mhm ...
Seine starken Arme haben mich so sanft berührt.
Seine ruhige Stimme hat mich komplett umhüllt.
Shun.
Shun ...
ZUCK
ZUCK

Haah.
Haah.
Wie lange verheimliche ich jetzt schon das Leid, das ich in meiner Brust mit mir trage?
Ich habe nie jemand Besseren als ihn gesehen.
Das lässt sich nun mal nicht ändern.
Schließlich habe ich ganz aus der Nähe erfahren, wie freundlich er ist.
Es sind nur Gefühle.
Ich kann nichts sagen.
Shun ...

Aber ich hoffe, zumindest das wird mir vergeben ...
KNARZ
FWUSCH
WATZ

Toll gemacht, Shun. Hier, ein Handtuch.
Danke.
Puh.
Aber sag mal.
Bist du wirklich mit Makino aus dem dritten Jahrgang verwandt?
Ja, schon.
Wie? Aber ihr seht euch gar nicht ähnlich.
Dein Bruder wirkt etwas gruselig.
Wir sind nun mal nicht blutsverwandt.

Wie? Das tut mir leid.
Mach dir deswegen mal keine Gedanken.
Meine Mutter hat mich in die Familie mitgebracht.
Aber eigentlich weiß nur niemand ...
... dass mein Bruder wirklich lieb ist.
Schon früher hat er dafür gesorgt, dass ich statt ihm bevorzugt werde.
Und er hört immer auf meine Meinung.
Damit es mich nicht stört, hält er sich selbst zurück. Er tut auch so, als hätte er keine Interessen.
Mein Bruder ist also etwas ungeschickt.
Wahrscheinlich bemerke ich das aber von allen am meisten.
Du bist sicherlich der Nettere von euch beiden.
Meinst du?

Unsere Eltern haben ihn gleichermaßen mit Liebe überschüttet.
Und auch ich habe ihn wie einen echten Bruder behandelt.
Aber ich bin Abschaum.
Meine Veranlagung ist echt krank.
Es ist so hell ...
Huch? Eita?
Du hast deine Wunden ja verarzten lassen.
Koganei, du schon wieder?
Wie redest du mit einem Freund?
Freund?
GREIF
Hat Shun das gemacht?

Schön, dass du sein Bruder bist, was? ♡
WATSCH
Du ekliger Arsch.
Das sagt der Rich-tige.
Ich will das nicht von jemandem hören, der die Gutwilligkeit anderer für seine perversen Gedanken ausnutzt.

Hey, Shun!
Warst du flei-ßig beim Sport?
Du siehst wie immer echt cool aus.

Könntest du ihm als sein Liebhaber nicht bitte sagen, dass er es nicht so sehr übertreiben soll?
Er mag zwar stark aussehen, aber eigentlich ist er zerbrechlich.
Häh? Ich soll Eitas Liebhaber sein?
Das war echt ein guter Witz.
Bist du nicht?
Er würde eh nicht auf mich hören.
Er lässt an mir doch nur seinen Frust aus.
POFF
Seinen Frust?
Weswegen denn?
Nun ja.

Wieso verstehst du das nicht, obwohl du immer in seiner Nähe bist?
REMPEL
Hey!
Entschuldige dich, mich angerempelt zu haben.
PACK
»Ich will das nicht von jemandem hören, der die Gutwilligkeit anderer für seine perversen Gedanken ausnutzt.«
Was ist denn falsch daran?

Häh?
Das ist ...
... für mich der einzige Trost, weil ich ...
... ihm nicht näher-kommen kann.
WAMM

Eita.
Ich habe gesagt, dass du damit aufhören sollst, oder?
Ignorier mich nicht einfach.
ZERR
Was regt dich denn so sehr auf?

Was treibt dich dazu?
Jetzt verrate mir deinen Grund.
Lass mich los.
Ich muss dir gar nichts sagen.
Du nervst nur.
PACK
KRATZ
Hngh ...

Warum sagst du es mir denn nicht?
Ich will dich doch einfach nur verstehen!
Bin ich dir etwa komplett egal?!
Warum ...
... zerbricht mein Herz bei diesen Worten?
Ich werde es dir auf keinen Fall sagen ...

Du bist mir nämlich viel zu wichtig ...
Als dein Bruder ...
.. kann ch es nicht sagen, weil du mir am wichtigs-ten bist, Shun.

Komm bitte nicht mehr in mein Zimmer.
BATAMM

Tut mir leid.
Das hat bestimmt wehgetan.
Eita, du warst schon immer so.
Du opferst dich immer für mich auf ...
Ich wollte es nicht bemerken.
Mein lieber Shun...
... der so sehr an mich denkt ...

... würde mich doch ganz sicher akzeptieren können.
Hah.
Du bist ja komplett von Verletzungen übersät.

Ich hätte das ...
... bis ins tiefste Eck genauer untersuchen müssen.
Aah!
Ich wollte einfach nur ...
... dass du ohne eine Wolke am Himmel in der Sonne stehen kannst.
Ah.
Ah.
Es ist alles gut.
Ab jetzt kannst du mir ...
... ruhig alles zeigen, Eita.
Sicherlich habe ich keinerlei Vergebung verdient ...
... weil ich dich in die Finsternis hineingezogen habe.

Hn.
Ah.
Hah.
Ah.
Ah.
Eita.
Du hast nicht zum ersten Mal etwas im Hintern, oder?
Es geht sehr ein-fach.
Ich habe immer an dich gedacht ...
... wäh-rend ich mich berührt habe.
Hngh.
Tut mir leid.
Hat es wehge-tan?

Ich will ...
... dass es noch mehr wehtut.
Magst du Schmerzen etwa?
Ah!
Da ...!
Da ist es gut!
Mehr!
Hngh!
Ah. ♥
Hi hi. Du bist so süß ...
... Eita ...
Ah! ♥
Ah!
Ah! ♥
Ah! ♥
Aaaah!

Ich will bestraft werden.
Die Wunde soll niemals verschwinden ...
... und sich tief in meinen Körper fressen.
TSCHOCK
Makino, heute bist du aber schlecht drauf.

Ach ...
Ich habe Kratzer auf dem Rücken.
Hast du etwa eine Katze?
Ja ...
Ich habe mich gestern ein wenig zu sehr um den Kater gekümmert.
Ach. Ein Kater kann sich nicht zurückhalten, nicht wahr?
Du solltest also vorsichtig sein.
Aber wenn ich Angst vor dem Schmerz habe, kann ich ihn nicht verstehen.
Wenn man sich an die geteilte Freude erinnert, kann man nicht anders, als sogar den Schmerz lieb zu gewinnen.

Maki-no!
Woher hast du die Verletzung?
Hast du dich schon wieder geprügelt, du Problemkind?
Nein, Herr Lehrer.

Es war keine Prügelei.
Es war etwas viel Tragischeres.
Ich trage unausprechliches Leid mit mir herum.

Tut mir leid Shun.
Ich habe schon wieder so viele Wunden.
Was weinst du denn?
Sag mir ruhig, wo es überall wehtut.
Du musst das Leid nicht mehr alleine ertragen.
Ich werde es komplett mit dir teilen ...
... Eita.

Es ist ein Leid, das niemals vergehen wird.
Ende

Eine Liebesgeschichte
voller Traurigkeit und
Fehleinschätzungen
von Chise Ogawa

»Dann bist du ab jetzt mein großer Bruder?«
Ich war froh, einen Bruder zu bekommen.
Schon als Kind roch er irgendwie nach Sonne.

Shun.
Ich werde dich beschützen.
Egal, was für böse Typen ...
... noch so schlimm über dich reden werden ...
... ich werde dich verteidigen.
Hey.
Hör auf damit. Nicht hier!
Hngh ...
Hah.

KNALL
Na, so was.
Shun und Eita, geht ihr gemeinsam zur Schule?
Es ist beneidenswert, wie gut ihr euch versteht.
Wir sind offiziell Brüder ...
... aber ...
... wir sind auf Abwegen.

TSCHOCK
Otake, dein Ellebogen.
Spann ihn nicht zu sehr an.
Ja.
Sehr gut.
Shun ist so wie zuvor.
Obwohl wir uns körperlich vereint haben, kann er weiterhin in der Sonne lächeln.

SCHWUPP
Shun wirkt so vergnügt.
Verglichen damit bist du eine Trauerweide.
NERV
Der Typ versteht nun mal gar nichts.

Meinetwegen ist Shun auf Abwege gekommen.
Ich habe Shun ins Unglück gestürzt.
Ich! Ich! Ich bin schuld!!
Maki-no.
ZUCK
Was denn?
Kannst du das deinem Bruder geben?

Warum sollte ich?
Fragen Sie einen anderen.
Ihr versteht euch in letzter Zeit doch gut, oder?
Häh?
Was reden Sie denn da?
Wir verstehen uns gar nicht.
Ihr seid gemeinsam zur Schule gekommen.
Wir haben deinem Bruder also zu verdanken, dass du pünktlicher kommst.
Und er hat mir viel über dich erzählt.
Was ist denn passiert?

Ich werde ...
... dich weiterhin ...
... beschützen.
Wollen wir auf dem Rückweg bei Mäckes vorbei?
Ach, sorry. Ich ...
WATZ

Aaaaha
Erzähl nicht einfach so einen Mist!
Es geht mir verdammt auf den Sack, dass du dich so einmischst!
Kann nicht jemand seinen Bruder aufhalten?
Fasst mich nicht an!
Dein Bruder ist echt scheiße.
Shun, du tust mir leid.

Eita.
Ich habe anscheinend gar nichts verstanden.

Aber darf ich mich denn selbst ...
... ent-scheiden?
Ja.

Hey, Shun.
Fehlt dein Bruder immer noch?
Keine Ahnung.
Warum fragen Sie mich das?
Ihr habt euch doch in letzter Zeit gut verstanden, oder?
Ich habe genug davon, dass mein Bruder mir das Leben versaut.
Der Idiot denkt doch immer nur an sich selbst.

Mein Bruder ist das Allerletzte!
Ich werde in die Welt der Schatten eintreten.
PRUST
Ach, sorry.
Das war nur so lustig.

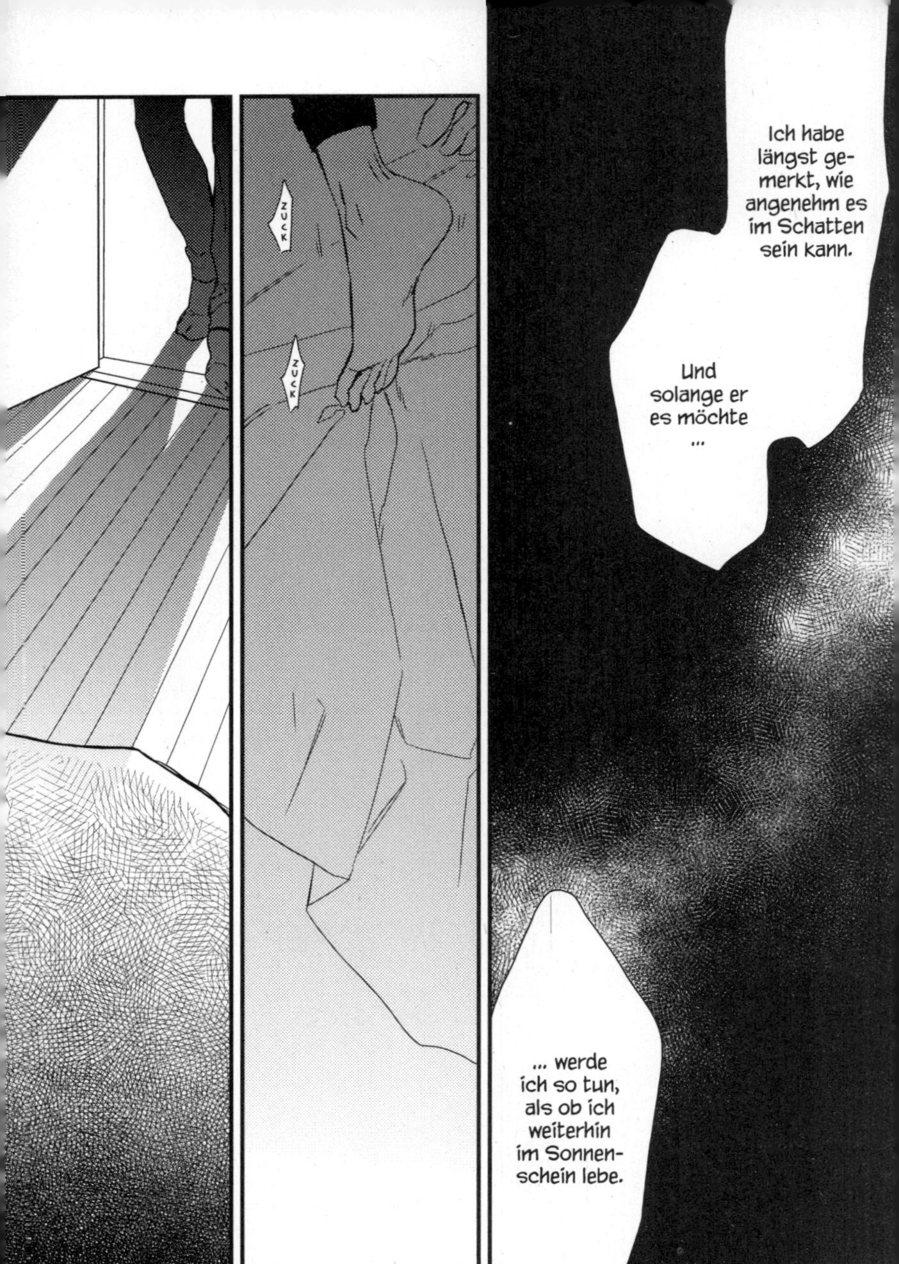
Ich habe längst gemerkt, wie angenehm es im Schatten sein kann.
Und solange er es möchte ...
... werde ich so tun, als ob ich weiterhin im Sonnenschein lebe.
ZUCK
ZUCK

Ende

Eine Liebesgeschichte
voller Traurigkeit und
Fehleinschätzungen
von Chise Ogawa

# Verdrehtes Bruchstück – Vorgeschichte

Takumi nutzt das Verlangen und die Liebe des jüngeren, fähigen Misaki aus, um ihn zu stürzen. Aber dieser opfert seinen Selbstrespekt gerne auf, um Takumi zu bekommen. Die Geschichte der beiden kann in der Kurzgeschichte *Verdrehtes Bruchstück* nachgelesen werden, die im Manga *Rakuda Tsukai to Ouji no Yoru** enthalten ist.

*nicht auf Deutsch erschienen

Takumi.
Wenn du solche Flüchtigkeitsfehler machst, kannst du kein toller Arzt wie dein Vater und dein Großvater werden.
Ja.
Es tut mir leid, Mutter.
Meine Adoptivfamilie war seltsam, weil er genau den gleichen Weg wie sein Vater und Großvater einschlagen sollte.
Habe etwa nur ich das bemerkt?

Misak
Ich bin wieder da, Mutter.
Was ist mit deinem Test? Zeig ihn mir.
Ganz in Ordnung.
Stimmt.
Genau das habe ich von dir erwartet, Misaki. Du kannst gehen.
Takumi hat meine Präsenz immer ignoriert.
Ich habe diese unschönen Gefühle entwickelt ...
... aber er scheint sie nicht zu bemerken.
Ich glaube zwar, dass er immer ein Auge auf mich wirft ...

Allerdings garantiert nicht wohlwollend.
Er zeigt niemals irgendwelche Emotionen.
Ich bemerke nur manchmal dieses leichte Zittern.
QUIETSCH
TSCHACK
ガチャ

Oh, bitt
Ich bin schon fertig.
Dann geh schnell raus.
Aber ich will mich noch föhnen.
Geh ein-fach!
Sorry.

QUIETSCH
KNALL
Was sollte das denn? Ist er sauer, nur weil ich vor ihm im Bad war?
Oh. Ich habe mein Handy liegen lassen ...
RAUUUSCH
RAUUUSCH

RUMS
...?
Er war
ganz blass.
Ist er zusam
mengebro-
chen?

Ugh.
RAUUUSCH
Uu...
...uh.
Hngh.
Hah.
...!

WAPP
Das hätte ich nicht sehen dürfen.
BAAAMM
Damals verstand ich zum ersten Mal, dass Schluchzen ...
... und Stöhnen sehr ähnlich klingen.

Ugh ...
Uuuh ...
Ta-ku-mi.
Ta-ku-mi!

Haah.
Haah.
Ta-
kumi.
Dann
weinst
du also
auf diese
Art?
Hast
du die
ganze
Zeit so
geweint?

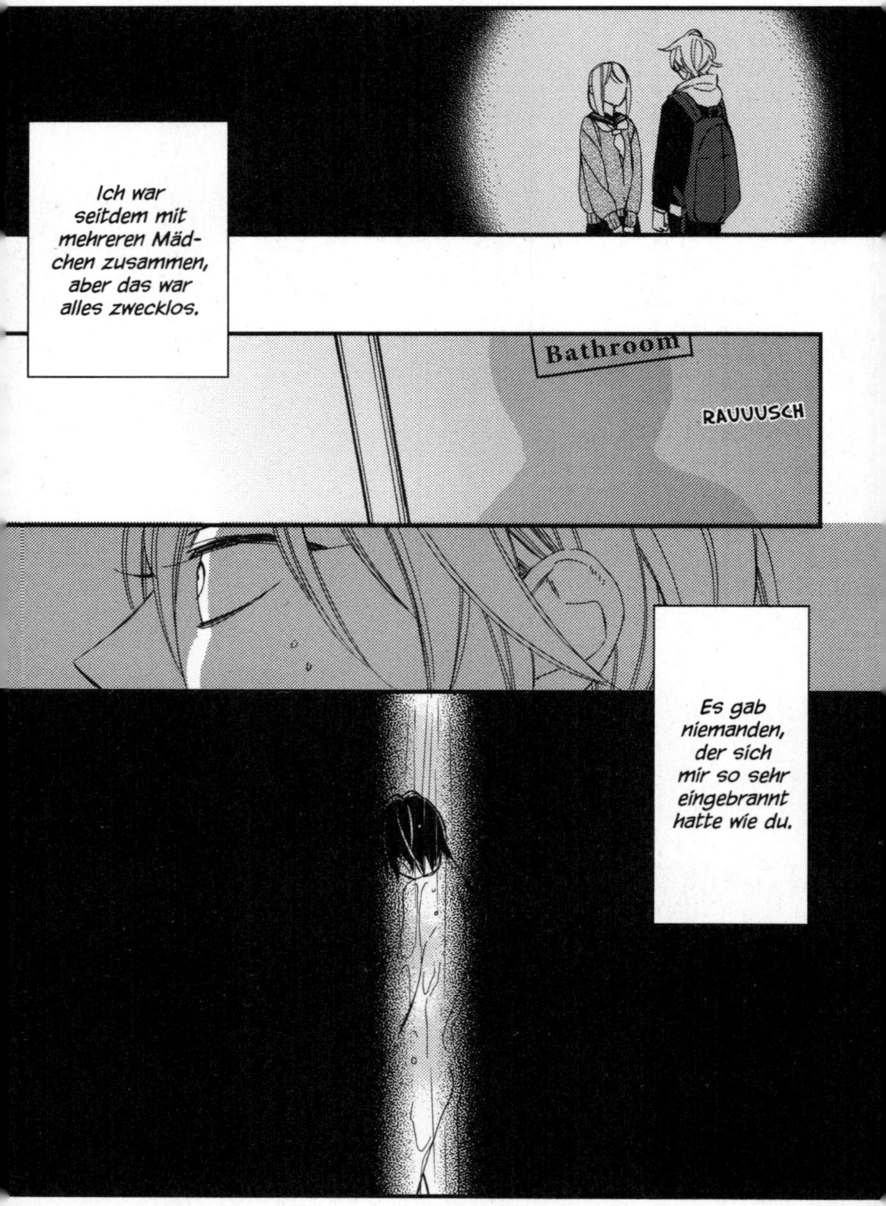
Ich war seitdem mit mehreren Mädchen zusammen, aber das war alles zwecklos.
Bathroom
RAUUUSCH
Es gab niemanden, der sich mir so sehr eingebrannt hatte wie du.

**Ende**

Eine Liebesgeschichte
voller Traurigkeit und
Fehleinschätzungen

von Chise Ogawa

Eine Liebesgeschichte
voller Traurigkeit und
Fehleinschätzungen
von Chise Ogawa

# How I feel about you – Anstoß

Maki ist ein unscheinbarer Junge, der auf schöne Gesichter steht. Fukamachi ist sein extrem hübscher Mitschüler. Die Geschichte der beiden kann in *How I feel about you* nachgelesen werden.

Er hat ein schlichtes Gesicht und einen schmalen Körper.
Auf den ersten Blick wirkte Maki auf mich wie ein dürrer Stängel ohne Blätter.
Aber genau das erregte mein Interesse an ihm.
Hmpf.
Fukamachi, heute ist bei Sport der Ausdauerlauf um den Sekiko-See dran.
Sag bitte allen Bescheid.
Verstanden. Danke, Maki.
Er scheint mich echt abzuweisen.
Er schaut mir nicht in die Augen.
Warum denn?
Ach, der kleine Bruder!

Ist Makis großer Bruder etwa bekannt?
Ja, der kleine ist zwar echt unscheinbar, aber der große ist echt hübsch.
Er ist kein Star, aber hat einen Fanklub.
Jetzt habt ihr ihn verärgert.
Haltet doch di Fresse.
Ach. Das ist ja krass.
Das tut mir leid für ihn.
Tja, das kann mir aber egal sein.
Wenn du das sagst, hört sich das fast gemein an.
Wollte er sich dami vor mir verstecken?
Er hat mir aber seinen schmalen Hals präsentiert.

So schönes Wetter.
Wir kämpfen um den letzten Platz, was?
Du hältst dich doch zurück.
So sind die hübschen Typen eben.
Häh? Gibt Maki etwa alles?
Der hat null Ausdauer.
Hff. Hff.
Hah.
Hah.
Sag mal, Maki.

Maaa-ki.
...
Maki!
Erde an Maki.
Hörst du mich denn nicht?
Hngh.
Ach, ver-dammt Was is denn?
Schau doch mal in meine Rich-tung.
Ich will nicht.
Er will nich ...
... sagt er.
Hmmm.
Uuurghs.
Urgh.

Was ...
... hast du denn?
Urgh.
Ich habe wohl einen Hitzschlag ...
Häh?!
Rette mich, Maki. Sonst sterbe ich.
Echt jetzt?!
Was denn nun? Ich weiß nicht, was ich machen soll.
Hey, Otsuka! Schick bitte den Lehrer her.
Okay.
Habe ich es übertrieben?
Aber Geheimnisse will ich unbedingt aufdecken.
Vielleicht bin ich nur neugierig.
Fukamachi, du darfst nicht sterben.
Bitte stirb nicht ...
Seine Arme sind schweißnass und seine Stimme zittert.

Das war doch nur ein Scherz.
Feuchte Wimpern. Bebende mandelförmige Augen. Rosa gefärbte Wangen.
Was denn?
Jag mir nicht so einen Schrecken ein.

*Alles an dir kommt mir so frisch und neu vor.*

*Das war der Moment, seit dem sich für mich die ganze Welt nur noch um dich gedreht hat.*

**Ende**

Eine Liebesgeschichte
voller Traurigkeit und
Fehleinschätzungen

von Chise Ogawa

Eine Liebesgeschichte voller Traurigkeit und Fehleinschätzungen
von Chise Ogawa

# Laundry.

In einem gewissen Wohnheim einer gewissen Uni.
Hier nicht pinkeln!!!!!
Vorsicht vor Diebstahl!
Um auf eigenen Füßen zu stehen und den eigenen Charakter aufzubauen, wohnen hier viele Studenten gemeinsam in einem Gebäude.
Waschraum
KLACK
Ach, Adachi.
Waschmittel bitte sparsam verwenden!
Gemischte Wäsche
Receive
BATAMM
Wir treffen uns hier in letzter Zeit echt häufig, was?

Steckst du da nicht viel zu viel in die Waschmaschine?
Tischtennisklub
Basketballklub
Du bist echt faul. Deshalb ist der Tischtennisklub eine Lachnummer.
Es gibt nichts Nervigeres im Leben, als Wäsche zu waschen, oder?
Doch nur weil der Basketballklub immer die Sporthalle besetzt.
Das tut mir aber leid.
Ach, das ist so nervig.
WERF
Hast du nicht viel zu krasse Unterwäsche an?
Wo wird denn so was verkauft?
Etwa bei JXXCO?
Mu ha ha ha. Cool, oder?
ZUPP

Ada-chi ...
Ich kann alles sehen.
Es ist doch am effektivsten, wenn ich alles wasche.
Vielleicht probierst du es auch mal, ja?
Aber nur mein Shirt.
BRÖÖÖMM
BRÖÖÖMM
Noch vierzig Minuten.
Das ist so langweilig.
Ich hätte mein JXXp-Magazin mitbringen sollen.
Soll ich es holen gehn?
Willst du etwa nackt durchs Wohnheim schlendern?
Tss.

Tsukamoto, mach irgendwas.
Was soll ich denn jetzt machen?
Irgendetwas, was mir die Langeweile vertreibt.
Gar nicht leicht mit dir.
Mal überlegen ...
Die Waschmaschinen drehen sich so schön.
Bestimmt wäre es da drin voll angenehm.

Wenn zwei Männer nackt sind, bleibt nur das, oder?
Wollen wir uns nicht ein wenig vergnü-gen?
Ich hab keine Lust auf anstren-genden Kram.
Adachi, du musst einfach nur daliegen.
Es wäre gar nicht so übel ...
... sich ein-geschlossen vom Wasser umspülen zu lassen.
Dann ist das okay.

Mhm.
SCHMATZ
Deine Küsse fühlen sich toll an.
Mach weiter.
Ich kann deinen Herzschlag spüren.
Lass uns gemeinsam kommen.

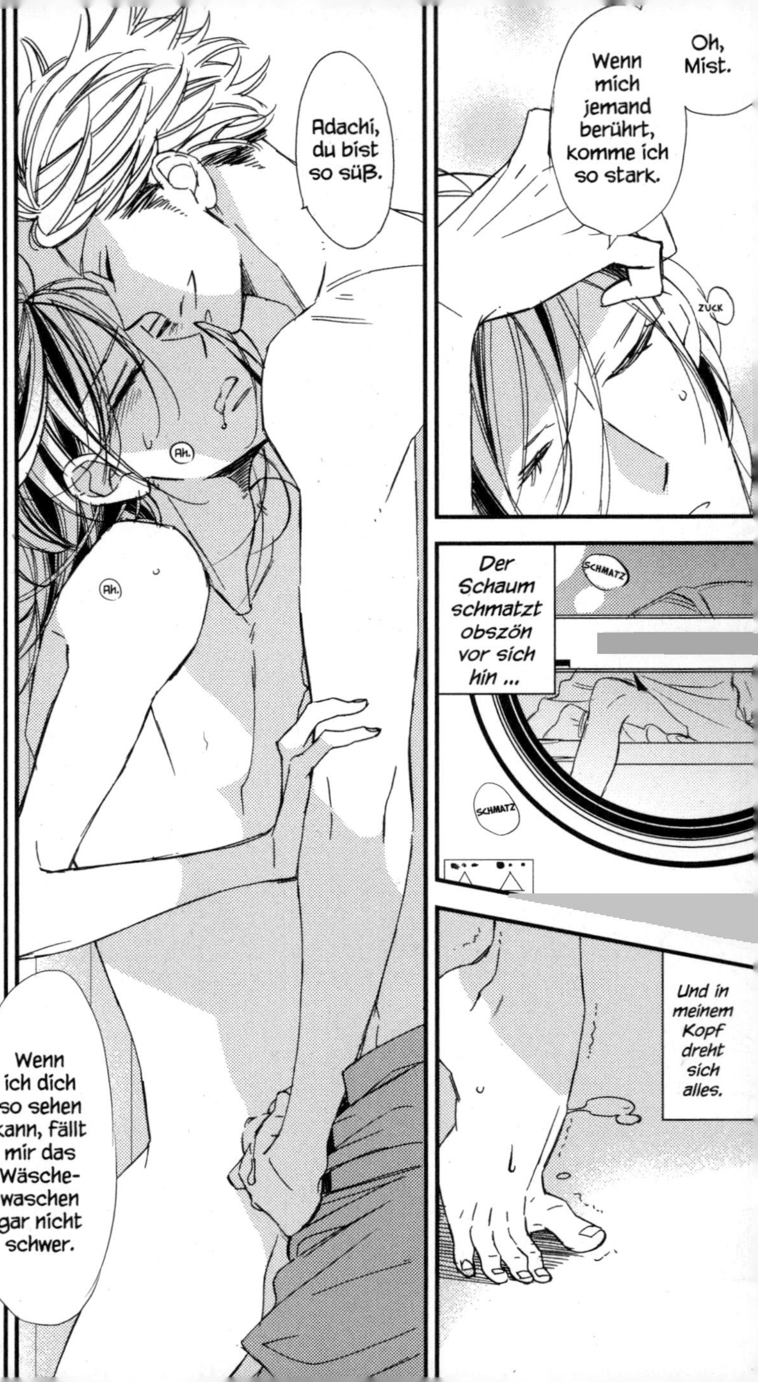
Oh, Mist.
Wenn mich jemand berührt, komme ich so stark.
ZUCK
Der Schaum schmatzt obszön vor sich hin ...
SCHMATZ
SCHMATZ
Und in meinem Kopf dreht sich alles.
Adachi, du bist so süß.
Ah.
Ah.
Wenn ich dich so sehen kann, fällt mir das Wäsche-waschen gar nicht schwer.

Hach, meine Unterwäsche ist ganz klebrig.
Ich hätte mir noch eine mitbringen sollen.
Daher meinte ich, du sollst sie mitwaschen.
Adachi, leih mir eine Unterhose.
SCHWUPP
Ah!
Was fällt dir ein?!
Gib sie mir gewaschen zurück.
Warte doch.

Hey.
WITSCH
Hier nicht pinkeln!!!!!
Hast du mich etwa rein-gelegt?
Gerade Zutritt verboten.
Ach, Ada-chi.
Du bist hier ziem-lich beliebt, musst du wissen.
Du solltest vorsich-tiger sein.
Hier nicht pinkeln!!!!!
Ich sollte mich aber am meisten vor dir hüten, nicht wahr?
Ha ha ha.
Ganz ruhig. Sag doch so was nicht. Lass uns ab jetzt Freun-de sein.

Oh, Tsukamoto.
Da bist du ja.
Hier ist die geliehene CD ...
Gib mir meine Unterhose zurück.
Du trägst aber eine peinliche Unterhose ...
Ach, fällt sie auf?
Ich habe gesagt, ich will meine Unterhose zurück!!
Nein.
Was heißt hier peinlich?

Ende

Einige Tage später
Bitte sauber halten!
Ich Mami
Ha ha ha. Aufgeflogen!
Auch Sex ist hier verboten, ihr Idioten!
Vorsicht vor
cht
pinkeln!!!!!
Waschraum

Eine Liebesgeschichte
voller Traurigkeit und
Fehleinschätzungen

von Chise Ogawa

Wo sollen wir die Kartons abstellen?
Ins hintere Zimmer bitte.
Gut. Das sollte alles sein.
Eine Liebesgeschichte voller Traurigkeit und Fehleinschätzungen
Mensch. Warum müssen wir denn beim Umzug mithelfen?
Sorry, Bruder.
Warum denn nicht? In solchen Momenten muss man einander helfen.
Du bist echt großherzig, Kiyotake.
Es lohnt sich, dass ich mit Takayuki zusammen bin.
Miki, ich bringe dich um.

Hm. Der Schnitt ist ganz gut.
Nicht wahr? Es war aber schwer, die Zimmer aufzuteilen. Wir sind ja zwei Typen.
Tja, aber es gibt ein elektrisches Schloss und einen Reiskocher.
Es half wohl, dass wir beide auf die W-Uni gehen.
Außerdem sind die Wände schallisoliert und wir können es wild treiben!
Miki, als Student solltest du deinen IQ noch um 20 Punkte steigern.
Geht klar!
Na gut, wir gehen dann mal. Den Rest schafft ihr ja alleine.
Hepp.
Das ist zur Feier des Umzugs.
Merci.
Danke.
Bruder
Was denn?
Du hast uns wirklich sehr geholfen.
Das ist ein Dankeschön.

Ryuta, verdammt noch mal!
Als Studenten wohnen sie schon zusammen.
Die beiden sind echt sehr verliebt.
Ich werde die zwei auseinanderbringen.
Weil sie uns einen Schritt voraus sind?
Ja, genau.

Was sollen wir nach dem Uniabschluss machen?
Irgendwie vermeiden wir beide dieses Thema.
Wir haben Angst davor, über die Zukunft nachzudenken.
Wollen wir zusammenziehen?
Wie?
Ha ha.
Ach, nur ein Scherz.
Oh.
Das hat gesessen.
Bis denn.
Wir sehen uns morgen beim Klub.
Okay.

Ich bin unfassbar froh ...
... an Kiyotakes Seite zu sein.
Es macht mir Spaß ...
... und ich bin glücklich.
Aber es erschöpft mich auch.
Ich muss immer auf cool machen.
Daher ist dieser Abstand genau richtig, weil wir uns nur ab und an sehen.
Weil ich ständig nur Basketball mache, sind meine Noten echt in Gefahr. Ich darf dieses Semester nirgendwo durchfallen.
Du wirst viel zu tun haben.
Das hatte ich mir schon gedacht.
Ob er wohl klarkommt?

Ich habe viele Treffen über Unternehmensgründung. Wir strengen uns beide an, ja?
Rede nicht über die Arbeitssuche.
Hmpf.
Ich habe ein Vorstellungsgespräch …
Mein Seminar …
Ich muss arbeiten …
Der Text …
Die Abschlussarbeit …
Wir treffen uns überhaupt nicht …

»Wollen wir zusammenziehen?«
Hätte ich damals sofort geantwortet, wäre es nie so weit gekommen.
Hach, das nervt echt.
Nur ein klein wenig ...

Hah.
Bunuuuu!
ゴトッ
KLONK

Es ist zweck-los ...
Ich ver-misse ihn ...
Ich bin ir-gendwie spontan herge-kommen ...
ZÖGER

Nein, ich kan das nicht.
Wenn er plötzlich vor meiner Tür stünde, würde mich das auch verstören.
Ich lasse das lieber.
DING
DONG
Ach, Entschuldigung.
KATSCHACK
Ja?
Ähm? Udou?

Ich war irgendwie in der Gegend ...
Hach ...
Du hättest doch Bescheid sagen können.
Er schaut so, als würde ich stören.
Ich hätte es bleiben lassen sollen.
Ich bin aus keinem bestimmten Grund hier.
Ich gehe mal wieder.
Äh.
Hey.
Du bist extra hergekommen. Komm doch ein wenig rein.
Es ist aber etwas unordentlich.

Dieser Geruch.
Könnte es sein …
Waaaaaaaah!
Du hast so ein schlechtes Timing …

Argh! Mir ist so peinlich, dass du das gesehen hast.
Nein, nein.
Ich habe …
… das eben …
… auch gemacht.

Was machen wir denn überhaupt?
Wir sind doch ein Liebespaar.
QUIETSCH
SCHMATZ

Haah.
QUIETSCH
QUIETSCH
Haah.
QUIETSCH
Hah.
Haah.
ぎゅ
DRÜCK

KLACK
ガチャ
MIST.
POLTER
POLTER
POLTER
WAMM

Gerade noch recht-zeitig!
Jedes Ende bringt einen neuen Anfang mit sich.
Und irgendwie freue ich mich ein wenig da-rauf.

Neulich war ich in einer leckeren Kneipe.
Wollen wir auf dem Rückweg vorbei?
Das klingt gut.
Ich mel- de mich, wenn ich fertig bin.

**Ende**

Eine Liebesgeschichte
voller Traurigkeit und
Fehleinschätzungen

von Chise Ogawa

Eine Liebesgeschichte
voller Traurigkeit und
Fehleinschätzungen
von Chise Ogawa

Nachwort

Vielen Dank, dass ihr zu Eine Liebesgeschichte voller Traurigkeit und Fehleinschätzungen gegriffen habt. In diesem Band sind viele Dojinshi und unveröffentlichte Bonusgeschichten enthalten. Ich arbeite nicht mehr im Fanbereich, aber viele haben mich angesprochen, dass sie keins der Hefte oder den Bonus der japanischen Erstauflage von Ein Spiel namens Liebe bekommen haben. Ich hoffe, dass ich die Wünsche hiermit erfüllen konnte. Ich bedanke mich bei allen zuständigen Personen, die mir dabei geholfen haben. Vielen lieben Dank.

Ich habe zweimal den Computer gewechselt und einer ging auch kaputt. Daher gerieten die ursprünglichen Daten komplett durcheinander. Ich dachte schon, dass ich nicht alles zusammenbekommen würde, aber am Ende bin ich froh, dass ich alles finden konnte.

Ich hoffe, der Band konnte euch ein wenig die Langeweile vertreiben. Vielen Dank an alle, die dieses Buch gelesen haben.

2018
Chise Ogawa

TOKYOPOP GmbH
Hamburg

TOKYOPOP
1. Auflage, 2024
Deutsche Ausgabe/German Edition

Aus dem Japanischen von Lasse Christian Christiansen

libre

Gosan de Fukou na Koibanashi

Originally published in Japan in 2018 by Libre Inc.
German translation rights arranged with Libre Inc.

Redaktion: Nora Hoos
Lettering: Vibrant Publishing Studio
Herstellung: Mathias Neumeyer
Druck und buchbinderische Verarbeitung:
CPI–Clausen & Bosse GmbH, Leck
Printed in Germany

MIX Papier FSC FSC® C083411
Wir achten auf die Umwelt.
Dieses Produkt besteht aus FSC®-zertifizierten und anderen kontrollierten Materialien.



ISBN 978-3-7593-0346-2

**www.tokyopop.de**

# NOMI X SHIBA

## Tohru Tagura

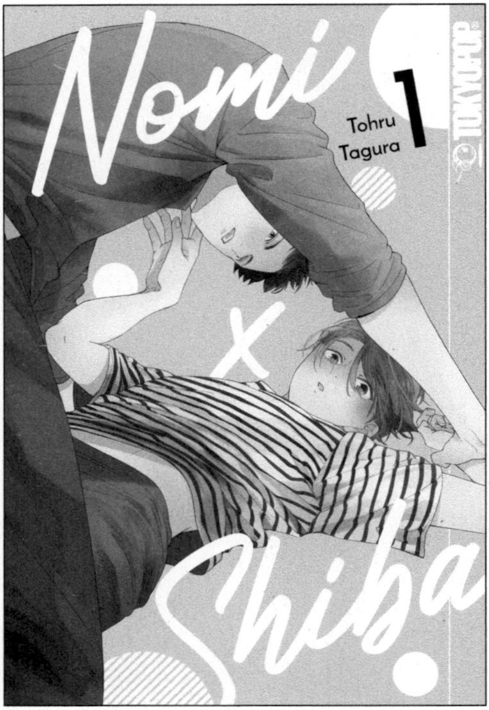


**Du darfst nie merken, dass ich dich liebe.**

Shiba hat es auf seiner Jungenschule alles andere als leicht. Sein größtes Problem ist, dass ihn alle wie ein Mädchen behandeln und mit lauter Komplimenten belästigen, weil er ein so niedliches Gesicht hat. Der Einzige, der ihn immer wieder aus unangenehmen Situationen rettet, ist sein Mitbewohner Nomiya. Dieser verbirgt seine Gefühle für Shiba, da er weiß, wie sehr ihm Annäherungen zuwider sind. Was Nomiya noch nicht ahnt, ist, dass Shiba auch in ihn verliebt ist, obwohl dieser vehement versucht, allen klarzumachen, er sei hundertpro hetero ...

# HYPNOTIC THERAPY

## Maki Masaki

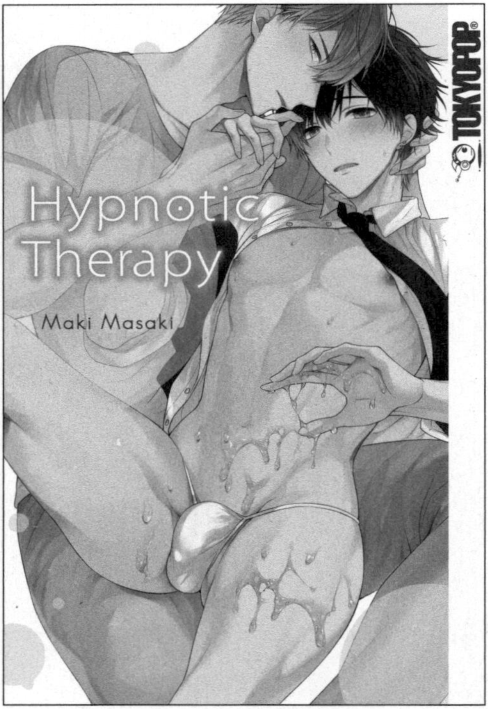


**»Du kannst deine Gefühle nicht mehr aufhalten.«**

Kazushi arbeitet in einer Boys Bar, und wenn die Jungs hinter der Theke miteinander flirten, geizen die Gäste nicht mit Trinkgeld. Kazushi ist jedoch total entnervt, dass sein Kollege ihm dafür auf die Pelle rückt. Doch dahinter steckt seine größte Angst: sich schon wieder viel zu schnell zu verlieben! Sein Nachbar Sou schlägt ihm vor, es mit einer Hypnose-Massage zu versuchen, die eine Art Resistenz aufbauen soll. Dass Sou allerdings die Behandlung durchführen wird, kommt für Kazushi ebenso unerwartet wie seine eigene Körperreaktion.

TOKYOPOP®

**www.tokyopop.de**

# STOPP!

**Dies ist die letzte Seite des Buches!
Du willst dir doch nicht den Spaß verderben
und das Ende zuerst lesen, oder?**

Um die Geschichte unverfälscht und originalgetreu mitverfolgen zu können, musst du es wie die Japaner machen und von rechts nach links lesen. Deshalb schnell das Buch umdrehen und loslegen!

## So geht's:

Wenn dies das erste Mal sein sollte, dass du einen Manga in den Händen hältst, kann dir die Grafik helfen, dich zurechtzufinden: Fang einfach oben rechts an zu lesen und arbeite dich nach unten links vor. Viel Spaß dabei wünscht dir TOKYOPOP®!